シルバー川柳11

メルカリで
売って買っちゃう
孫のもの

公益社団法人全国有料老人ホーム協会＋ポプラ社編集部編
ポプラ社

シルバー川柳11

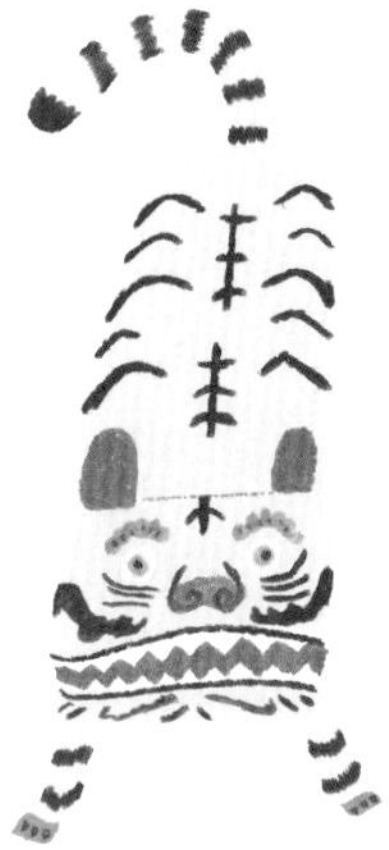

イラストレーション　古谷充子
ブックデザイン　鈴木成一デザイン室

シルバー

【silver [sílvər]】

生きがい篇

「どんな時に生きがいを感じるか」について、日米独スウェーデン4か国の60歳以上を対象にした調査（令和二年度、内閣府）では、「家族との団らん」「おいしいものを食べる」「趣味に熱中」「テレビ・ラジオ」と答えた割合はどの国も平均的に高かった。いっぽう「他人から感謝された時」「おしゃれをする時」「夫婦団らんの時」「若い人と交流」と答えた人の割合は、ほかの国と比較して日本は2〜3割低く、シニア世代の日常生活を感じさせる結果となった。

I

全集中
しても開かない
瓶の蓋

後藤洋子・女性・大分県・66歳

「密です」と言われてみたい頭頂部

秀爺・男性・富山県・62歳・会社員

薄味に
したらコロナと
わめく祖父

中川潔・男性・福井県・56歳・会社員

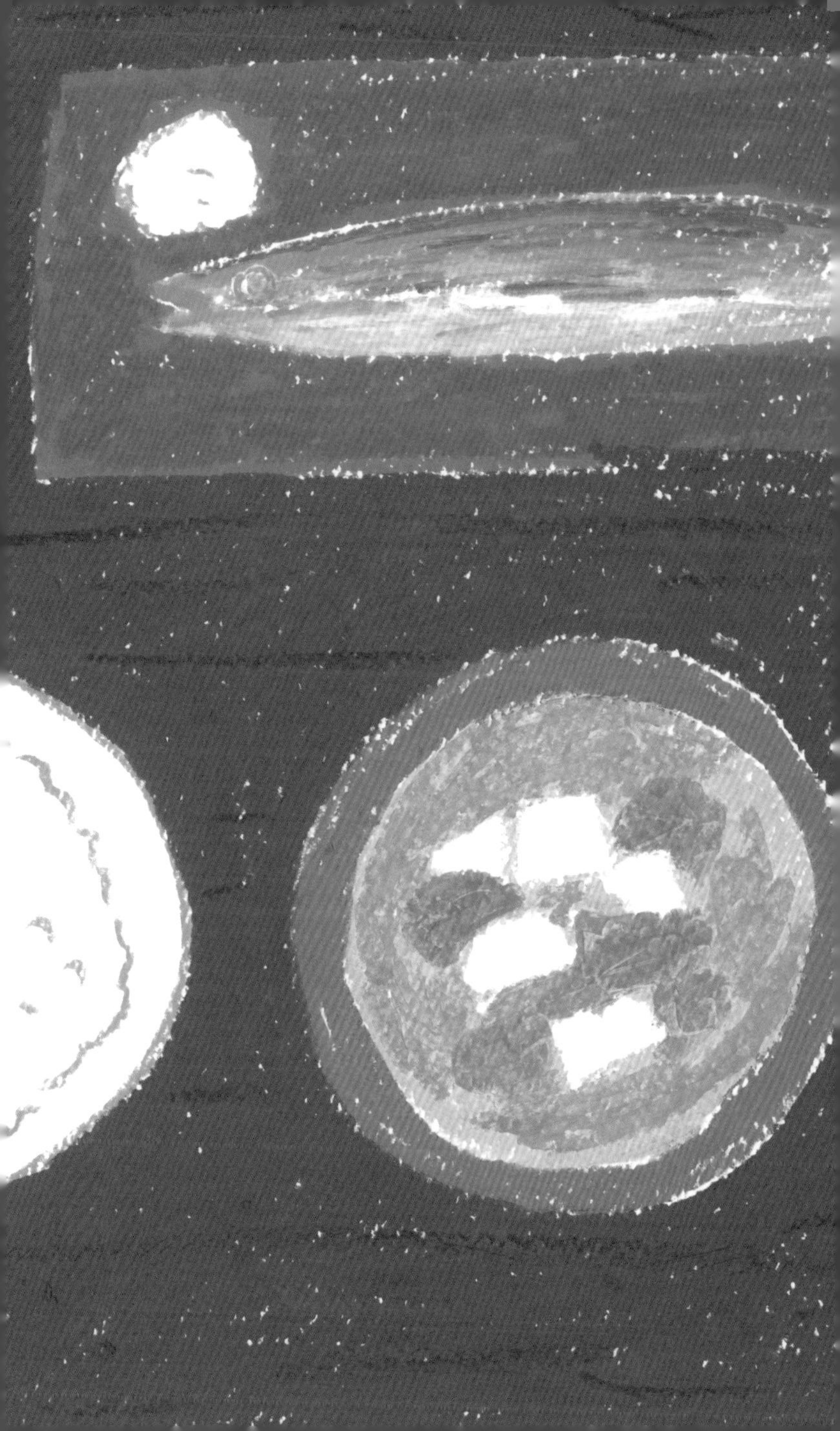

リード持ち
散歩に出たが
犬忘れ

柴田幸子・女性・愛媛県・69歳・会社役員

目の検査「丸」と答えるお爺ちゃん

14

ひとつぶ・女性・東京都・44歳・会社員

じいちゃんが
暗証番号
暗唱し

カジ・男性・東京都・74歳・会社員

名を呼ばれ
誰も立たなきゃ
たぶんオレ

ジョンけけ・女性・山梨県・58歳・主婦

18

YouTube履歴は演歌と百恵ちゃん

田中花音・女性・埼玉県・19歳・大学生

さり気なく
背後に賞状
オンライン

ロマン派・男性・北海道・54歳・会社員

20

食卓に
俺の席だけ
アクリル板

おたやん・男性・和歌山県・66歳・無職

午後八時
酒提供を
止める妻

小松真人・男性・大阪府・58歳・自営業

お互いに
返事はするが
動かない

飯田栄二・男性・福岡県・60歳

お見舞いに
ぞろぞろ来たら
そろそろか

五十嵐豊・男性・埼玉県・52歳・会社員

どなたです
そういうあなたは
どなたです

小松秀幸・男性・大阪府・59歳・自営業

伸びすれば
足が攣《つ》る攣《つ》る
寝起き前

村田睦子・女性・兵庫県・66歳・任用職員

ワクチンのネット予約でひ孫借り

村松正志・男性・東京都・81歳・無職

ＢＴＳ
テレビ局だと
思ってた

佐久間真理恵・女性・新潟県・40歳・会社員

30

ペイペイで
払うと後ろ
行列に

竹内照美・女性・広島県・65歳・会社員

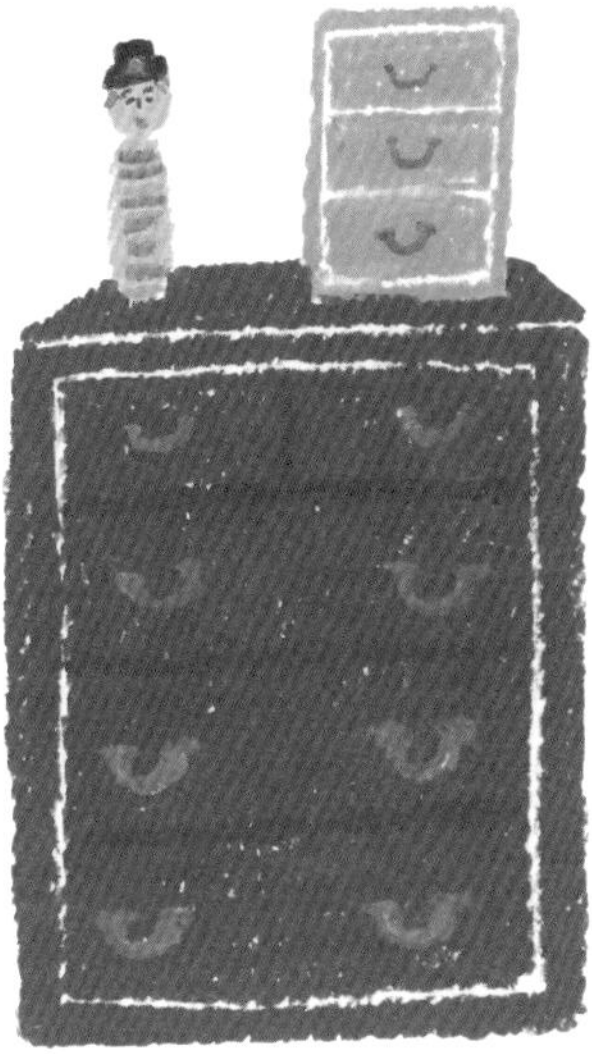

へそくりは
一度仕舞うと
出てこない

隼人・男性・神奈川県・58歳

おはようの
ラインがくるのは
朝の五時

田場文奈・女性・沖縄県・17歳・高校生

Ⅱ

メルカリで
売って買っちゃう
孫のもの

豆助・女性・大阪府・80歳・主婦

布マスク
せっせと手作り
孫が売る

菜の花・女性・静岡県・55歳・パート

どんなわざ
オーバーシュート
祖父が問う

大河増駆(たいがますく)・男性・滋賀県・53歳・公務員

＊オーバーシュート＝「超過」「行き過ぎ」を意味し、感染症においては爆発的な患者の増加を指す。

タピオカを
やっと飲んだら
もう古い

建部喜邦・男性・東京都・67歳・無職

最新の
ギャグのつもりが
死語だった

らくちゃん・男性・愛媛県・55歳・自営業

こんにちは
AOISORADESUNE

オンライン？
ちんぷんかんぷん
わしらには

宮本慎治・男性・愛知県・48歳・会社員

当節の敬老会はオンライン

白井道義・男性・福岡県・79歳・無職

全員が
離して見てる
メニュー表

北鎌倉人・男性・神奈川県・58歳・自営業

噛み合わぬ
話もなぜか
通じてる

葉月・女性・東京都・40歳・自由業

その話
三回目とも
言い出せず

ひとりごと・女性・奈良県・71歳・無職

ちょっと前
調べてみたら
十年前

さごじょう・男性・愛知県・37歳・公務員

サギ電話聴こえぬふりの名演技

1刀両断・男性・滋賀県・64歳・無職

ボリュームを「上げて」「下げて」で日が暮れる

兵庫果菜・女性・北海道・47歳・主婦

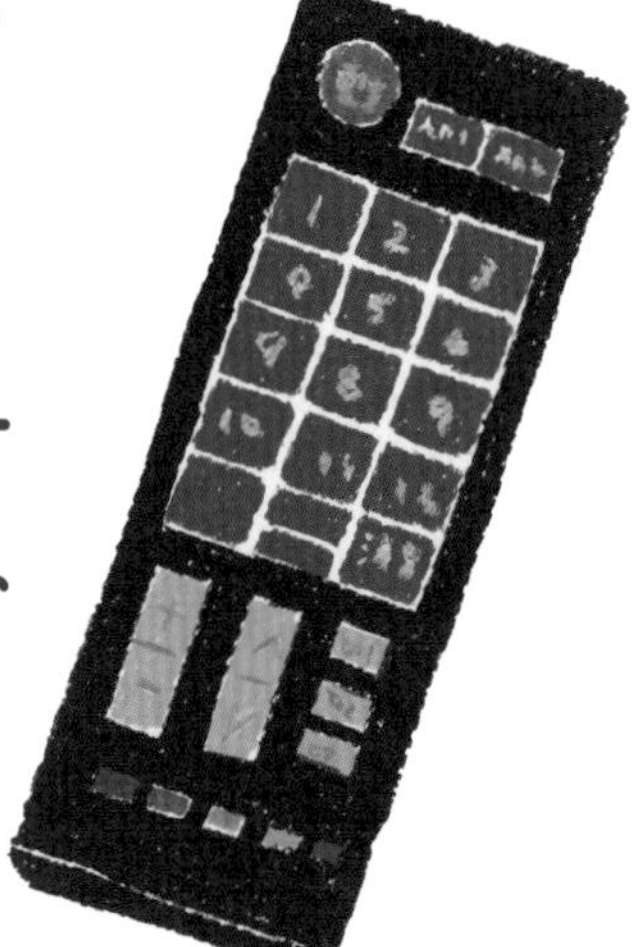

スマホなど
簡単だよと
しまい込む

谷口美奈子・女性・千葉県・79歳・無職

本物の
オレをばあちゃん
信じない

まねきねこ・女性・北海道・54歳・パート

ペイペイは
部下のこととかと
聞く親父

吉田浩・男性・千葉県・60歳・主夫

クルーズも
ジムもライブも
エンがない

中村康二・男性・愛知県・66歳・アルバイト

シルバーと
聞かずにレジで
割り引かれ

伊谷ふみ子・女性・滋賀県・71歳・調理師

散歩する
前に住所を
言わされる

エメラルド・女性・山梨県・72歳

信号機
ワシの時だけ
すぐ変わる

坂ノ上義・男性・神奈川県・19歳・学生

Ⅲ

「もうあかん」
言いつつあれから
数十年

畑山一輝・男性・兵庫県・70歳・無職

御縁より
誤嚥が多い
昨日今日

佐橋幸夫・男性・岐阜県・73歳・無職

目が覚めて
すぐに起きれば
肉離れ

ひぐらし・男性・奈良県・67歳・無職

手が伸びず
ラジオ体操
盆踊り

原和義・男性・福岡県・90歳・無職

朧月《おぼろづき》
いや待てこれは
眼の老化

吉澤康裕・男性・東京都・78歳

プルタブを
引く力なく
脱水症

ぴさいおばー・女性・沖縄県・75歳・無職

いつの間に
物干し竿が
高すぎる

加藤キク江・女性・埼玉県・83歳・無職

年寄りと
思った人が
同い年

上村恵美・女性・神奈川県・アラフォー・会社員

同じ歳 老いたアイドル 見るショック

二瓶博美・男性・福島県・62歳・無職

急用と
呼ばれかけつけ
「フタ開けて」

榊原和行・男性・愛知県・40歳・会社員

外出を
減らせば増える
妻の指示

花ひらく・男性・埼玉県・70歳・自営業

老妻と
張り合うところ
湿布だけ

いざわけんけん・男性・埼玉県・78歳・無職

おい飯と
結局言えず
五十年

中原政人・男性・千葉県・82歳・無職

裏切らぬ
はずだが
妻と筋肉は

ぽん太・男性・兵庫県・63歳・医師

78

ケアマネに
お椀でコーヒー
出す女房

平野好・男性・青森県・78歳・無職

夫より
犬に食べさす
健康食

ハルル・女性・東京都・70歳・主婦

俺よりも強い絆のポチと妻

西田勲・男性・北海道・83歳・無職

女房が先に逝くのは想定外

82

角森玲子・女性・島根県・52歳・自営業

郵便はがき

おそれいりますが
切手を
お貼りください

102-8519

東京都千代田区麹町4−2−6
株式会社ポプラ社
一般書事業局　行

お名前	フリガナ	
ご住所	〒　　-	
E-mail	@	
電話番号		
ご記入日	西暦　　　年　　月　　日	

上記の住所・メールアドレスにポプラ社からの案内の送付は必要ありません。□

※ご記入いただいた個人情報は、刊行物、イベントなどのご案内のほか、お客さまサービスの向上やマーケティングのために個人を特定しない統計情報の形で利用させていただきます。

※ポプラ社の個人情報の取扱いについては、ポプラ社ホームページ（www.poplar.co.jp）内プライバシーポリシーをご確認ください。

ご購入作品名

■この本をどこでお知りになりましたか？

□書店（書店名　　　　　　　　　　　　　　　　　　　　　　　）

□新聞広告　　□ネット広告　　□その他（　　　　　　　　　　　　）

■年齢　　　歳

■性別　　　男・女

■ご職業

□学生（大・高・中・小・その他）　□会社員　□公務員

□教員　□会社経営　□自営業　□主婦

□その他（　　　　　　　　　　）

ご意見、ご感想などありましたらぜひお聞かせください。

ご感想を広告等、書籍のPRに使わせていただいてもよろしいですか？

□実名で可　□匿名で可　□不可

一般書共通

ご協力ありがとうございました。

ダンディーな
夫も今は
ダーティに

中松あさか・女性・東京都・63歳・無職

グレイヘア
似合わぬ顔が
あると知る

北のみかん・女性・栃木県・58歳・主婦

自粛ならずっとしている定年後

瀬古修治・男性・神奈川県・74歳・自営業

ステイホーム
妻の小言は
自粛なし

はなばあば・女性・滋賀県・60歳・主婦

コロナより
恐い妻との
三密が

カバの妻・女性・北海道・59歳・パート

孫が来て
夫婦げんかも
ノーサイド

竹内照美・女性・広島県・64歳・会社員

Ⅳ

孫手製
マスクうれしや
通院日

天坂満宏・男性・青森県・78歳・無職

ばあさんや
わしのマスクは
どっちじゃな

松本俊彦・男性・京都府・55歳・会社員

94

カラフルな
水着のマスク
爺がかけ

葭原昭男・男性・福岡県・81歳・無職

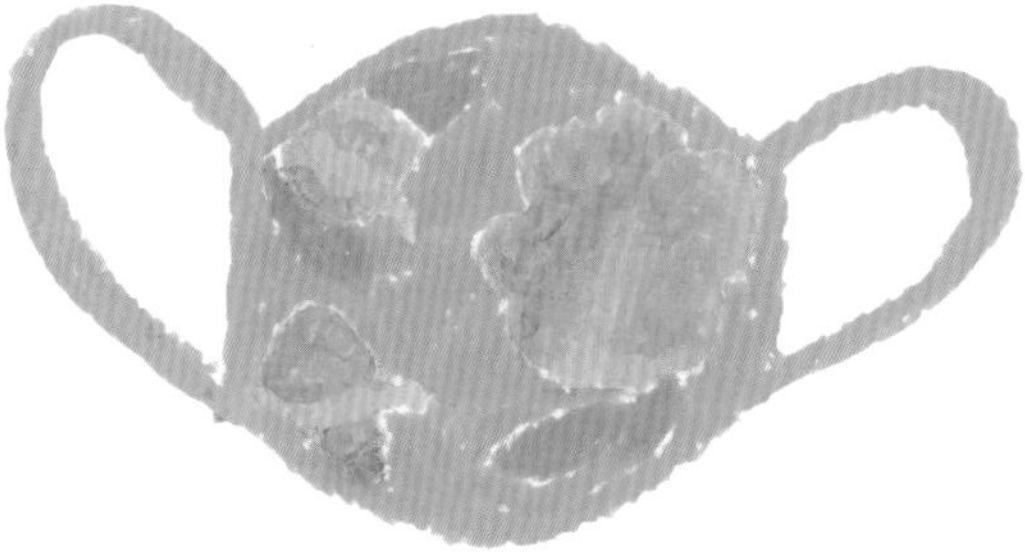

一滴も
飲まぬに今日も
千鳥足

頭狂人・男性・千葉県・73歳・無職

外出を自粛し過ぎて死亡説

白貝睦美・女性・新潟県・54歳・内職

十万円
年金越えた
高収入

えいこん・女性・福岡県・47歳・ヘルパー

大罪を
犯したような
咳一つ

加藤義秋・男性・千葉県・73歳・無職

100

誰も来ぬ
百の祝日
コロナゆえ

神代鈴子・女性・大阪府・100歳

祝

生前葬
もっとほめてよ
その弔辞

高田道代・女性・愛知県・57歳・主婦

天国に
行けませんよと
脅す嫁

なべともあき・男性・福井県・67歳・学習塾講師

うちの親
老いてますます
したがわず

曽根新五郎・男性・東京都・64歳・農業

ウン、ウンと
頷いているが
理解なし

吉田數雄・男性・京都府・91歳・無職

寡黙だが
政権批判
だけスゴイ

熊野初・男性・茨城県・28歳・アルバイト

拝啓
暑さ寒さも彼岸ま
でとは申しますが
暑さもだいぶおさ
美味しい秋の味
が存分に味わえ
気候となって参りま
した。貴殿にお

じいちゃんのラインの文が堅すぎる

こなお・女性・東京都・50歳・主婦

孫よりも
最新のスマホ
使ってる

ホタルイカ・女性・福井県・17歳・高校生

グレてやる ボケてやるとの 親子喧嘩

高崎一平・男性・神奈川県・75歳・無職

いつのまにか
2枚ずつある
診察券

佐々木郁子・女性・宮城県・82歳・主婦

毎食後
孫が確認
「お薬は？」

左近瑞歩・女性・滋賀県・17歳・高校生

草取りで
しゃがみそのまま
整骨医

湘路・男性・神奈川県・74歳・無職

墓参り
腰痛の父
「在宅で」

あんどらごら・男性・長野県・35歳・アルバイト

リハビリを
ジム通いだと
友に言う

ハナメガネ・女性・東京都・69歳・主婦

物忘れ
晩酌だけは
思い出す

猪井年秋・男性・愛知県・92歳・無職

子は「未来」
俺は「余生」と
書く書道

中川潔・男性・福井県・55歳・会社員

人生が不要不急の常日頃

さわさわ・女性・神奈川県・50歳・主婦

終わりに

「シルバー川柳」は、公益社団法人全国有料老人ホーム協会が主催し、二〇〇一年より毎年行われている川柳作品の公募の名称です。気軽に取り組める川柳づくりを通し、老いを肯定的にとらえ、楽しんでもらいたいと始まった公募には、これまで全国から二一万を超える作品が寄せられています。

本書は、二〇二一年春に応募された中から選ばれた第二一回入選作二〇句と、前年の第二〇回応募作よりセレクトされた六八句、計八八句の選りすぐり川柳をまとめた一冊です。

第二一回シルバー川柳は、おかげさまで過去最多となる一万六六二一句の川柳が寄せられました。内訳は、男性五三・九%、女性四四・八%と、昨年と比較して女性の比率が増えています。応募者の平均年齢は六九・三歳、また最高年齢は女性の一〇六歳、男性は一〇一歳、最年少は一六歳（男女共）となりました。

今回も、昨年に続き、新型コロナウイルスにまつわる作品が多く寄せられました。

密を避けた行動が言われるなか、視点をユニークに変えた「『密です』と 言われてみたい 頭頂部」（男性、62歳）、感染予防の要であるワクチン接種の現状を切実に詠んだ「ワクチンの ネット予約で ひ孫借り」（男性、81歳）のほか、「食卓に 俺の席だけ アクリル板」（男性、66歳）、「午後八時 酒提供を 止める妻」（男性、58歳）など、コロナ禍をご自身の生活になぞらえた川柳が入選しました。

また、時流の電子マネーやYouTubeを題材に、シニアのほのぼのした日常を描いた「YouTube 履歴は演歌と 百恵ちゃん」（女性、19歳）や、「ペイペイで 払うと後ろ 行列に」（女性、65歳）、大ヒット漫画『鬼滅の刃』の台詞からの「全集中 しても開かない 瓶の蓋」（女性、66歳）や、韓国の人気アイドルグループ名からの「BTS テレビ局だと思ってた」（女性、40歳）など、流行のキーワードをうまく詠み込んだ作品に、こちらも思わず唸ってしまいました。

日常と世相を描き出す「シルバー川柳」。コロナ禍や災害等の影響で、残念ながらまだまだ多くの方が不自由な生活を強いられています。川柳をご自身で詠んだり、他の方の作品を愉しんだりすることを通して、少しでも多く笑顔の時間を見つけていただきたいと切に願っています。この一冊の本が、みなさんのお役に立つことができれば、この上ない喜びです。

最後になりましたが、本書の刊行にあたり、作品の掲載をご快諾いただいた作者のみなさま、ご家族のみなさまに厚く御礼申し上げます。

公益社団法人全国有料老人ホーム協会
ポプラ社編集部

本書に収録された作品は、公益社団法人全国有料老人ホーム協会主催「シルバー川柳」の入選作、応募作から構成されました。

Ⅰ章　第二一回入選作
Ⅱ章～Ⅳ章　第二〇回応募作

＊　Ⅰ章は公益社団法人全国有料老人ホーム協会選、Ⅱ～Ⅳ章はポプラ社編集部選となります。
＊　作者の方のお名前（ペンネーム）、ご年齢、ご職業、ご住所は、応募当時のものを掲載しています。

公益社団法人全国有料老人ホーム協会

有料老人ホーム利用者の保護と、事業の健全な育成を目的として、一九八二年に設立。老人福祉法に規定された唯一の法人として、入居者生活保証事業の運営、苦情対応、事業者への運営支援、職員研修など多岐にわたる事業を行う。またサービス評価事業や入居相談などを通じ、ホームの情報開示にも積極的に取り組んでいる。二〇一三年四月に公益社団法人となる。

＊公募「シルバー川柳」についてのお問い合わせ
（入居相談も受け付けます）

電話〇三－三五四八－一〇七七
受付時間は月・水・金曜日、一〇時～一七時（祝日・休日は除く）
東京都中央区日本橋三－五－一四
アイ・アンド・イー日本橋ビル七階
公益社団法人全国有料老人ホーム協会

シルバー川柳11

メルカリで売って買っちゃう孫のもの

二〇二一年九月六日　第一刷発行

編者　公益社団法人全国有料老人ホーム協会、ポプラ社編集部
発行者　千葉 均
編集　浅井四葉、倉澤紀久子
発行所　株式会社ポプラ社
〒一〇二－八五一九 東京都千代田区麹町四－二－六
印刷・製本　図書印刷株式会社

Printed in Japan N.D.C.911/126P/19cm ISBN978-4-591-17114-1

P8008351